Soixante-dix Quatrains d'après Omar Khayyâm

PAR IWAN GILKIN

ÉDITIONS DE « LA VIE INTELLECTUELLE »
1923

SOIXANTE-DIX QUATRAINS
D'APRÈS OMAR KHAYYÂM

Il a été tiré de cet ouvrage :
6 exemplaires sur papier d'Arches à la cuve,
numérotés de A à F,
hors commerce,
10 exemplaires sur papier d'Arches à la cuve,
numérotés de 1 à 10,
et 300 exemplaires sur papier anglais édition
numérotés de 11 à 310.

—

Exemplaire n° 263

Soixante-dix Quatrains d'après Omar Khayyâm

PAR IWAN GILKIN

BRUXELLES
ÉDITIONS DE LA « VIE INTELLECTUELLE »
1923

Omar surnommé Khayyâm naquit à Nichapour probablement en l'an 1040 de notre ère (433 de l'hégire). Il mourut entre 1111 et 1135. Il s'adonna à l'étude des mathématiques et de l'astronomie. L'audace de ses opinions philosophiques et religieuses lui attira le blâme et l'avanie. Il se vit obligé de faire à la Mecque un pèlerinage inspiré moins par la piété que par le désir de fermer la bouche à ses détracteurs.

Appartint-il à la secte secrète des Soufis ? Quelques-uns de ses quatrains permettraient de le croire. Le Soufisme est une doctrine panthéiste. Pour ses adeptes, Dieu seul existe et toutes les créatures ne sont que ses diverses incarnations. Le Soufi n'a qu'un but : communiquer directement avec Dieu afin de s'anéantir en Lui. Aussi pour le Soufi toutes les religions sont-elles également vaines ; il pratique vis-à-vis d'elles une indifférence un peu méprisante. C'est l'esprit du Soufisme que la plupart des commentateurs persans d'Omar Khayyâm prétendent découvrir dans ses célèbres quatrains. D'autres pourtant n'y voient que l'âpre et mélancolique scepticisme d'un grand esprit désabusé. Khayyâm, dit quelque part Théophile Gautier, a découpé d'avance dans ses quatrains les monologues d'Hamlet. On y trouvera aussi un écho de l'Ecclésiaste de la Bible et du Chant du Harpiste des anciens Égyptiens. Enfin Khayyâm cherche dans le vin le bonheur, — ou l'oubli, — comme Anacréon, comme Horace et comme le grand poète de la Chine, Li-Taï-Pé.

Une tradition amusante veut qu'un jour, comme il buvait dans sa chambre, assis sur les dalles, un coup de vent ouvrit brusquement la porte, qui renversa son flacon de vin. Le poète furieux, oubliant ses principes, improvisa le quatrain blasphématoire qui porte ici le n° XLII :

Là, vous avez brisé ma bouteille, Seigneur !...

Mais, s'étant vu dans un miroir, il découvrit que, par châtiment, sans doute, son visage était devenu noir. Au lieu de prendre peur, il improvisa bardiment le quatrain (n° XLIII) qui se termine par ces vers :

Je fais mal, mais si Tu me punis par le mal,
Quelle est la différence entre nous, Seigneur, dis ?

Dans les quatrains de Khayyâm le premier vers, le deuxième et le quatrième riment ensemble. Le troisième est un vers blanc. Souvent les trois rimes sont obtenues par l'emploi du même mot.

Célèbres dès le premier moment, les quatrains de Khayyâm ont gardé en Orient jusqu'à nos jours une vogue toujours attisée par le scandale. Une magnifique traduction du poète anglais Fitz-Gerald leur a valu dans le monde anglo-saxon une célébrité au moins égale.

I

O Printemps parfumé de rose et de jasmin!...
Sous la tonnelle obscure une timide main
T'appelle et ton regard caresse un doux visage.
Sois heureux d'Aujourd'hui! Que t'importe Demain?

II

Comme un magicien, du fond du souvenir,
Chers bonheurs d'autrefois, je vous fais revenir
Si beaux et si vivants que votre ardente image
Illumine l'obscur chemin de l'avenir.

III

Ainsi que l'eau du fleuve ou le vent du désert
Un nouveau jour s'enfuit de ma vie et se perd.
Jour qui n'es plus, et toi, jour qui n'es pas encore,
Vous ne valez pas même une humble bulle d'air.

IV

Puisque nul ne te garantit un lendemain,
Nourris-toi de baisers, abreuve-toi de vin
Dès ce jour, — tant que luit le soleil, — car cet astre
Ne te trouvera plus s'il te cherche demain !

V

Avant notre arrivée il a souffert, le monde !
Après notre départ il souffrira, le monde !
Lève-toi, cher jeune homme, et viens remplir nos verres :
Nous noierons dans le vin la souffrance du monde.

VI

Derrière le Grand Voile un jour tu passeras
Et le Secret du Monde, alors tu le verras!...
Sois heureux!... Tu ne sais d'où tu vins, mon pauvre homme.
Bois du vin!... Tu ne sais pas mieux où tu iras.

VII

Le passé m'appartient, car je puis en pétrir
La mémoire flottante au gré de mon désir :
L'humble logis devient un palais magnifique
Et les baisers rêvés me gorgent de plaisir.

VIII

Bois du vin!... car tu dois t'endormir à jamais,
Sans ami, sans enfant et sans femme à jamais !
Ecoute ce secret qu'on se glisse à l'oreille :
Les lys qui sont fanés, ne se rouvrent jamais.

IX

Bois du vin!... Le vin seul t'offre encore la survie
Des jours où rayonnait ta jeunesse ravie
Dans la saison des fleurs, des femmes et du vin...
Sois heureux un instant, cet instant c'est ta vie.

X

Ni le bien ni le mal que nous portons en nous,
Ni l'heur ni le malheur qui s'avancent vers nous,
N'en accusons le Ciel !... Aux yeux de la Sagesse
Le Ciel est mille fois plus impuissant que nous.

XI

Le soleil brille au ciel. Le vent tiède et la pluie
Ont lavé ton visage, ô rose épanouie !
Le rossignol te dit : O rose, enivre-toi
De parfums et de chants durant ta courte vie !

XII

Je regarde un enfant trépignant de colère
Qui foule avec mépris sous ses pieds la poussière.
La poussière lui dit : Calme-toi, car, un jour,
Des pieds te fouleront de la même manière.

XIII

Une goutte d'eau pleure... Océan, reprends-moi,
Dit-elle. — L'Océan répond : Tu viens de moi ;
Seule une illusion furtive nous sépare :
Car je suis toujours toi et tu es toujours moi.

XIV

Nul interrogateur des gouffres du Mystère
Hors de l'ombre n'a fait un seul pas sur la terre.
Quelle bouche sinistre et vide as-tu baisée,
Femme, — qui nous fais pour ignorer et nous taire ?

XV

Marche légèrement, car cette terre est faite
Des lilas effeuillés, de la pulpe parfaite
Des lèvres et des seins des femmes d'autrefois
Et de tout ce qui fut jadis amour et fête.

XVI

Le pot que le potier maladroit vient de fendre,
Dit : Homme injurieux, si le grand Alexandre
Vivait encor, la peur briserait tes genoux.
Respecte-moi ! Ma panse est faite de sa cendre.

XVII

Hâte-toi de vider ta coupe. Tu n'es pas
Sûr d'exhaler le souffle aspiré. L'humus gras
T'attend et le potier fera de ta poussière
Des tasses, des bassins et des cruches, mon gas !

XVIII

Si ferme que tu sois, ne chagrine personne.
N'écrase sous le poids de ton humeur personne.
Si l'amour est en toi de la paix éternelle
Souffre seul et ne sois le bourreau de personne.

XIX

Vaut-il pas mieux T'ouvrir mon cœur dans un...,
Que de me prosterner sans Toi devant l'autel?
O Toi, Toi, l'Etre Unique au fond de tous les êtres,
Même au sein de l'Enfer Tu peux m'ouvrir le Ciel.

XX

Voici l'aube d'opale. Emplis ton verre encore.
Apprends du vin quelle est la couleur de l'aurore.
Chante avec les oiseaux le lever du soleil
Et salue au jardin le lys qui vient d'éclore.

XXI

J'ai mis la bouche à la Coupe que je soulève
Pour savoir si ma vie est encor longue ou brève.
Elle a collé sa lèvre à la mienne et m'a dit :
Bois le vin parfumé! Le reste n'est qu'un rêve.

XXII

Tu n'as pas aujourd'hui de pouvoir sur demain.
La peur de l'avenir, ami, t'agite en vain,
Le souci du présent même n'est que folie.
Est-il un jour qui vaille une coupe de vin?

XXIII

Ce vase, ainsi que moi, fut naguère un amant.
Vers quelque cher visage il s'est avidement
Penché. L'anse à son col que tu vois attachée,
Fut un bras qui pressait un cou frêle et charmant.

XXIV

Ah ! malheur à ce cœur qui n'est pas plein d'amour,
Qui n'est pas ivre, fou, ni défaillant d'amour !
Il ne mérite pas que le soleil l'éclaire,
Le jour, que, d'un cœur sec, tu passes sans amour !

XXV

Qui n'a pas vu mûrir le fruit de Vérité,
Sur la route des jours marche sans fermeté.
Quiconque a secoué l'Arbre de la Science,
D'Hier et de Demain connaît l'identité.

XXVI

Limite tes désirs, souris, casse le fil
Qui du bien et du mal font un lien subtil,
Prends ton verre et défais les boucles de l'aimée,
Car tout passe ; et combien de jours te reste-t-il ?

XXVII

Vois ! Tous nos devanciers, l'ignare et le savant,
Dorment sous la poussière. O cœur jeune et fervent,
Apprends la vérité de mes lèvres qui t'aiment :
Tout, tout ce qu'ils ont dit, mon enfant, c'est du vent.

XXVIII

Tu ne sonderas point le Mystère éternel
Ni les gouffres sans fond de l'univers réel.
Fais-toi, mon cœur, un ciel du vin et de la coupe,
Car sais-tu si jamais tu verras le vrai ciel?

XXIX

Vois ! Le vent fait pleuvoir des fleurs dans le jardin.
Il sème sur le sol des corolles sans fin.
Dans une fleur de lis je verse du vin rose
Pour mêler les parfums de la fleur et du vin.

XXX

Viens ! Est-ce le moment des propos superflus?
Viens ! Ta petite bouche, amie, et rien de plus !
Puis verse-moi ce vin rose comme tes joues
Et dans tes cheveux laisse errer mes doigts émus.

XXXI

On dit que le bonheur rayonne au Paradis.
Heureux qui boit du vin, voilà ce que je dis !
Car le bruit du tambour n'est beau que de très loin,
Frère, et l'argent comptant vaut tous les gains prédits.

XXXII

J'ai peut-être créé le monde à ma naissance;
Il finira peut-être avec mon existence...
Lève-toi, ceins tes reins, agile porte-coupe!
Le vin sait mieux que moi ce qu'il faut que j'en pense.

XXXIII

Evente doucement le visage des roses,
Cher Printemps; fais-moi voir un doux visage rose
Dans l'ombre du jardin; mais ne parle pas d'Hier!
Aujourd'hui me suffit et ma mémoire est close.

XXXIV

Pourquoi sur tes péchés ces sanglots et ces pleurs?
Qu'espères-tu gagner au prix de ta douleur?
Dis! la Miséricorde est-elle pour le juste,
Homme de peu de foi, ou bien pour le pécheur?

XXXV

Lorsque je suis venu, il était là, le monde.
Lorsque je partirai, il restera, le monde...
Apporte la bouteille, ô mon bel échanson!
Je veux avec le vin boire l'oubli du monde.

XXXVI

Le monde est Ton visage !.. Il n'est rien que Dieu seul !
Le monde est Ta pensée !.. Il n'est rien que Dieu seul !
Etre Unique, Eternel, être et néant de Tout,
Un en Tout, Tout en Un... Il n'est rien que Dieu seul !

XXXVII

A l'école, à l'église et dans la Synagogue,
Dogmatique et moral trône le pédagogue.
Ciel... Enfer... Qui connaît le secret du Divin,
Ne nourrit pas son cœur de cette pauvre drogue.

XXXVIII

Nul ne peut soulever le rideau du Mystère.
Qui sait ce qui vit sous l'apparence éphémère ?
Sauf sous la terre, hélas ! nous sommes sans asile.
Mais à quoi bon parler? Mieux vaut boire et se taire.

XXXIX

Jeunes, nous écoutions les leçons d'un savant.
Nos progrès nous rendaient heureux... parfois... souvent !
Mais qu'avons-nous appris, de la vie et des hommes?
Venus comme de l'eau, partis comme le vent !

XL

Tant d'amour, de tendresse en commençant !... Pourquoi?
Et m'avoir abreuvé de délices... Pourquoi ?
Mais tu ne songes plus qu'à déchirer mon cœur.
Dis, que t'ai-je donc fait?... Quoi ! jamais plus?... Pourquoi?

XLI

Puisque la mission de l'homme ici-bas c'est
De souffrir mille maux et de mourir après,
Heureux celui qui sort au plus tôt de ce monde
Et plus heureux, celui qui n'y entra jamais !

XLII

Là ! Vous avez brisé ma bouteille, Seigneur !
Vous m'avez dérobé tout mon plaisir, Seigneur !
Vous avez répandu mon bon vin sur les dalles.
Seriez-vous donc (que Dieu m'étrangle !) ivre, Seigneur?

XLIII

Quel est l'homme ici-bas qui n'a point péché, dis?
A-t-il vécu, celui qui n'a point péché, dis?
Je fais mal, mais si Tu me punis par le mal,
Quelle est la différence entre nous, Seigneur, dis?

XLIV

Le carème finit. C'est l'heure des chansons,
Des fêtes, du soleil, des roses, des pinsons.
Salut, porteurs de vin ! Salut, marchands de rêves !
Cœurs fatigués du jeûne, enivrons-nous ! Buvons !

XLV

Sur les roses un peu de clarté flotte encore.
Dans mon cœur le désir du vin s'échauffe encore.
Ne dors pas ! Où prends-tu le droit de t'endormir?
Chère, verse le vin : le soleil luit encore !

XLVI

Le ciel est comme un bol tombé le fond en l'air.
Nous sommes prisonniers sous sa voûte de fer.
Imitons les amours du flacon et du verre :
Lèvre à lèvre! Et buvons à longs traits le vin clair.

XLVII

La brise a déchiré la robe de la rose.
Pleure, cher rossignol amoureux de la rose!
Pleurerons-nous sur elle ou sur nous? — Sur nos corps
Effeuillés par la Mort fleuriront d'autres roses.

XLVIII

Ah! Libre de venir, serais-je donc venu?
Libre d'aller, où donc irais-je, irrésolu?
Venir, vivre et partir, sur ce globe de boue,
Ne vaudrait-il pas mieux qu'il ne l'eût point fallu?

XLIX

Sois heureux, Khayyâm! Hier régla ta récompense.
Hier est déjà beaucoup plus loin que l'on ne pense.
Sois heureux, quels que soient ton but et tes efforts!
Tes actes de demain, hier les fixa d'avance.

L

De pièges Tu garnis le chemin où j'anhèle.
Tu dis : Malheur à toi si ta jambe y chancelle !
— Nul grain de l'Univers n'échappe à Ton pouvoir;
Tu règles tout, — et Tu m'appelles un rebelle !

LI

Avec coupe et flacon, joyeux, ris, chante, soupe
Dans les jardins, ou sur la rivière en chaloupe...
Combien d'êtres charmants le ciel moqueur a-t-il
Changés, ô Terre, soit en flacon soit en coupe?

LII

Hier, j'ai brisé ma coupe, hélas ! sur une pierre.
La tête me tourna, las ! de l'avoir pu faire.
Et la coupe me dit dans sa langue mystique :
Tu subiras un jour une égale misère.

LIII

Fuis l'étude de tout savoir... cela vaut mieux.
Baise une jeune bouche en fleur... cela vaut mieux.
Avant que le Destin ne dessèche tes veines
Bois le sang de la grappe et dis : cela vaut mieux !

LIV

Ce ciel sinistre et beau pour ma perte et la tienne
Guette hélas! notre vie, — oui, la mienne et la tienne!...
— Bien-aimée, assieds-toi sur ce gazon! Bientôt
Ce gazon couvrira ma poussière et la tienne.

LV

Jette de la poussière au front du ciel chenu,
Bois du vin, chante, étreins un beau corps souple et nu...
Vas-tu prier? Vas-tu supplier? A quoi bon?
De ceux qui sont partis pas un n'est revenu.

LVI

Nous sommes tous, hélas! sous le ciel effrayant,
Les pièces d'un grand jeu dans la main d'un géant.
On s'amuse avec nous sur l'échiquier de l'être
Avant de nous jeter dans ta boîte, ô Néant!

LVII

A quoi bon l'arrivée? A quoi bon le départ?
Qu'exige le Destin et que veut le hasard?
Du néant au néant elle passe, la vie!
Mais est-il quelque chose ou quelqu'un quelque part?

LVIII

Regarde les méfaits du Ciel, mangeur de morts,
Et vois ce monde vide où tes amis sont morts.
Autant que tu le peux, vis un peu pour toi-même.
Ne goûte qu'au présent... laisse le reste aux morts.

LIX

Un empire nouveau? Le vin rose vaut mieux.
Une église? Un palais? La taverne vaut mieux.
Ma coupe, ô Féridoun, vaut cent fois ta couronne.
Ton trône, ô Khosroès,... ma bouteille vaut mieux.

LX

Ce que je veux, enfant, c'est un flacon de vin,
Un livre de beaux vers et la moitié d'un pain;
Et si je suis assis près de toi, n'importe où,
Je serai plus heureux, crois-moi, qu'un souverain.

LXI

Ciel généreux, à tous les hommes tu prodigues
La vie et ses douleurs et ses dures fatigues.
Mais, ô ciel, réponds-moi : si tu n'étais qu'un homme
Donnerais-tu pour ce bonheur même une figue?

LXII

Quand je serai broyé sous les pieds lourds du Sort
Et que l'espoir de vivre en mon cœur sera mort,
Veille à faire une coupe, enfant, avec ma cendre :
Alors je revivrai plein de vin jusqu'au bord.

LXIII

Aujourd'hui refleurit ma jeunesse ravie.
Ce vin noir dans la coupe, ami, fait mon envie.
Ne me blâme pas! Même âpre, il donne la joie.
S'il est âpre, c'est qu'il a le goût de ma vie.

LXIV

Qu'aux esprits vils toujours soit voilé le Mystère !
Qu'on écarte les fous des secrets qu'il faut taire !
Réfléchis ! Sois prudent ! Sois muet ! Car il faut
Cacher nos grands espoirs même à toute la terre.

LXV

Nous serons effacés du chemin de l'amour ;
Le Destin nous broiera sous ses talons, un jour ;
— O porte-coupe au doux visage, verse ! verse !
Nous deviendrons chacun poussière à notre tour.

LXVI

Mes mains n'égrènent plus tes perles, ô Prière,
Et mon front est souillé, Péché, de ta poussière !
Mais je crois fermement que le Un n'est pas Deux :
C'est pourquoi je Le sens dans mon cœur et j'espère.

LXVII

Jetterons-nous encor des pierres dans la mer?
Vois ! Pagode et bigots ont fait mon cœur amer.
Khayyâm, Khayyâm, peux-tu sans rire entendre dire
Que l'un va dans le Ciel et l'autre dans l'Enfer?

LXVIII

Au matin la rosée emperle les tulipes,
Les grands narcisses blancs agitent leurs équipes,
Ah ! rien ne me ravit comme une jeune rose
Qui baisse sa tunique et l'ouvre et la défripe !

LXIX

Le ciel ?... Dormir, rêver dans une paix sereine...
Hélas ! J'ai tant pleuré que je n'y vois qu'à peine ;
L'Enfer n'est rien auprès de ce que j'ai souffert.
Croire au ciel ??... Qu'il m'accorde un seul instant sans peine!

LXX

Amis, quand loin de moi vous êtes réunis,
Pensez bien tendrement à moi, mes doux amis,
En prononçant mon nom versez le vin de pourpre
Et ne videz jamais votre coupe à demi !

Bruxelles
Imprimerie Veuve Monnom (S. A.)
Rue de l'Industrie, 32

—

1923

www.ingramcontent.com/pod-product-compliance
Ingram Content Group UK Ltd.
Pitfield, Milton Keynes, MK11 3LW, UK
UKHW021522260726
13993UKWH00004B/1832

9 782329 179001